AF439661

L'HOMME DANS LA VOITURE

L'HOMME DANS LA VOITURE

FABIEN DELORME

Copyright © 2022 by Fabien Delorme

Illustration 139727930 © Solarseven | Dreamstime.com

L'HOMME DANS LA VOITURE

En passant devant le miroir situé dans l'entrée de son petit appartement, Laura Chapuis ajusta une nouvelle fois sa coiffure. Elle se sentait un peu ridicule, c'était au moins la centième fois qu'elle se passait la main dans les cheveux. Mais ce soir, elle avait rendez-vous avec Jérôme Leblanc, un homme qu'elle avait rencontré quelques semaines auparavant.

Les guirlandes de leds qu'elle avait disposées un peu partout dans son appartement diffusaient une douce lumière tamisée. Ambiance cosy, exactement comme elle l'aimait. Elle avait allumé sa chaîne et passait un vieux disque de jazz cool, un vinyle d'époque qu'elle avait emprunté un jour à son père. Elle avait allumé des bougies parfumées un peu partout. Senteur fruits des bois, reconnaissable mais subtile. Derrière elle, sur le canapé, son chat dormait comme un bienheureux.

Elle était partie du bureau un peu plus tôt que d'habitude ce soir-là. Dix-sept heures, le temps de se préparer, de se rendre présentable. À l'Agence, là où elle travaillait en tant que détective privée, le boss l'avait enguirlandée. « Et vos dossiers, ce n'est pas comme ça qu'ils vont avancer, madame Chapuis. »

Qu'il aille au diable ! Elle ne comptait pas ses heures habituellement, et elle passait une bonne partie de ses soirées au bureau, à faire des heures sup' non rémunérées. Elle s'en moquait, en temps normal. Ce n'était pas comme s'il y avait quelqu'un qui l'attendait à la maison, le soir. Enfin, à part son chat, mais ça ne comptait pas vraiment. Lui, en général, c'était à peine s'il remarquait sa présence.

Non, ce soir, pour une fois, Laura allait prendre un peu de temps pour elle.

Les notes du piano de Bill Evans s'égrenaient tranquillement, comme si le temps ralentissait, comme s'il lui offrait enfin une longue soirée, loin des tracas du quotidien, rien que pour elle.

Pour lui laisser le temps de faire plus ample connaissance avec Jérôme Leblanc.

La première fois qu'elle l'avait rencontré, c'était au cours d'une enquête. L'ancienne épouse de Jérôme pensait que son mari la trompait. Laura avait donc été chargée de le suivre et d'enquêter sur lui. Il s'était avéré qu'il n'en était rien. Jérôme s'était mêlé à une affaire, dans le cadre de son boulot, où il avait failli se faire descendre. Laura était intervenue, et avait dû compromettre sa propre mission au passage.

Puis Jérôme avait divorcé, et, durant la matinée, l'avait appelée, et avait proposé qu'ils passent la soirée ensemble. Pour des raisons « principalement professionnelles », avait-il dit sur le ton de l'humour, sous-entendant que ce serait aussi pour des raisons personnelles... D'ailleurs, il avait réservé une table pour deux aux Trois Tigres, l'un des restaurants les plus chics et les plus romantiques de la ville. Pour dix-neuf heures.

Il était déjà dix-huit heures quarante, et Laura était à une vingtaine de minutes de marche du restaurant. Il fallait vraiment qu'elle parte. Elle ne voulait pas arriver en retard.

Elle se recoiffa une dernière fois devant la glace, mit ses escarpins les plus élégants, salua son chat indifférent d'une voix guillerette, éteignit la platine, et claqua la porte de son appartement.

❧

Un sourire aux lèvres, Jérôme Leblanc explorait du bout des doigts les accoudoirs en noyer du nouveau fauteuil en cuir qu'il venait d'acheter pour Global Consulting, la société de conseil en sécurité informatique qu'il avait fondée.

C'était un bel objet, confortable, fonctionnel et solide. Il sentait le neuf. Un mélange de cuir et de bois verni. Il s'accordait particulièrement bien au reste de la pièce. Un sol fait d'un antique parquet en chêne datant de près d'un siècle, un bureau massif d'un bois sombre luxueux, un ordinateur dernier cri...

Jérôme n'était pourtant pas particulièrement attaché aux choses matérielles, et il n'avait pas acheté ce fauteuil pour son confort personnel, mais pour une question de standing.

Il vendait des services haut de gamme à des clients particulièrement fortunés. Il ne pouvait pas se permettre de les accueillir au milieu d'un mobilier de qualité standard. Même si les affaires marchaient plutôt bien, il ne roulait pas sur l'or, certes, mais c'était une question d'image.

Et puis, les dernières semaines avaient été difficiles pour lui. Il venait de divorcer, parce que son ex-femme et lui n'avaient plus rien en commun, depuis bien longtemps.

Beaucoup de choses à gérer. Un nouvel appartement à trouver, des procédures administratives à n'en plus finir, et à côté de tout ça une charge de travail colossale. C'était à peine s'il avait vu la lumière du jour depuis près d'un mois.

Mais, à partir de ce soir, ce serait différent. Le nouveau mobilier qu'il avait commandé était arrivé. La dernière mission sur laquelle il avait travaillé état terminée, et elle lui avait suffisamment rapporté pour qu'il puisse se permettre d'attendre la suivante, planifiée le mois suivant, sans avoir besoin de manger des pâtes à tous les repas.

Et puis, surtout, ce soir, il avait donné rendez-vous à Laura Chapuis, la mignonne détective que son ex-femme avait envoyé à ses trousses, alors qu'elle était persuadée qu'il la trompait. À tort.

Mais il n'en voulait pas à son ancienne épouse, bien au contraire. Sans ses soupçons, sans sa paranoïa maladive, jamais il n'aurait eu l'occasion de rencontrer Laura.

Et puis la jeune femme l'avait tiré d'embarras, involontairement certes, mais sans elle il ne serait sans doute plus de ce monde. En plus d'être particulièrement séduisante, Laura avait l'air très compétente dans son métier. Et ça tombait bien, il avait besoin des services d'une détective privée pour sa prochaine mission. Celle qui débuterait dans un mois. Ce soir, il joindrait donc l'utile à l'agréable.

Enfin, il avait surtout envie de se focaliser sur l'agréable, pour le moment. Ils parleraient boulot, évidemment, mais ce n'était pas là-dessus qu'il avait l'intention de focaliser l'essentiel de leurs discussions.

Ce soir, ce serait avant tout un temps pour se connaître, pour se découvrir l'un et l'autre. Si le courant passait bien, comme il l'espérait, ce serait tant mieux. Et si ça ne passait pas, eh bien tant pis, cela resterait une relation professionnelle comme tant d'autres.

Il se leva et fit quelques pas dans la grande pièce, faisant craquer les lattes du parquet sous ses pieds. Dehors, la nuit était tombée depuis longtemps déjà. S'approchant de la fenêtre, Jérôme observa son reflet, retira sa cravate et ôta les deux premiers boutons de sa chemise. Élégant, mais décontracté.

Il prit son manteau, éteignit la lumière et ouvrit la porte.

Il tomba alors nez à nez avec deux hommes en costume sombre. Un homme immense de près de deux mètres de haut, et presque aussi large d'épaules. À côté de lui se tenait un homme très sec, la cinquantaine, au nez en bec d'aigle.

Jérôme ne connaissait pas le géant, mais il connaissait très bien l'homme au nez en bec d'aigle. Simon Berthier, un type de la DGSI. Les services secrets. Il tendit la main vers Jérôme et dit, de sa voix forte et sur un ton faussement naïf :

— Ah, monsieur Leblanc, vous ne partiez pas j'espère !

— J'étais sur le départ, si, répondit Jérôme en lui serrant la main.

— Ah, écoutez, nous n'en avons vraiment pas pour long-temps, dit Berthier en forçant le passage pour rentrer dans le bureau. Ce serait l'affaire d'une minute ou deux !

Et, ce disant, il s'installa dans un des deux fauteuils club que Jérôme mettait à disposition de ses clients, confirmant par là-même que leur conversation allait durer plus d'une minute.

Beaucoup plus.

Mais Jérôme n'avait pas le choix. Il le savait.

C'ÉTAIT la première fois que Laura se rendait aux Trois Tigres. Ce genre d'endroit, ce n'était pas vraiment dans son budget. Et effectivement, quel luxe !

D'immenses lustres en cristal au plafond éclairaient une grande salle où étaient disposées une vingtaine de tables couvertes de nappes d'une blancheur irréprochable. D'un coup d'œil, Laura se douta que, si elle avait voulu acheter une nappe de ce genre, il lui aurai fallu sacrifier son PEL.

Et les couverts ! De l'argenterie à toutes les tables, impeccablement disposée. Des sièges profonds, en cuir rouge, donnaient un peu de couleur à la salle décorée principalement de mobilier blanc.

Au fond de la pièce, on avait allumé une immense cheminée qui diffusait une agréable chaleur à travers toute la grande salle.

Des enceintes cachées on ne sait où diffusaient de la musique classique à bas volume. Les clients n'étaient pas encore nombreux à cette heure-là, mais on devinait quand même les murmures de conversations, ici ou là.

Jérôme n'était pas encore arrivé, mais Laura était aux anges. Il avait vraiment sorti le grand jeu.

Raide comme un piquet derrière un pupitre en laiton, un serveur guindé, habillé d'un costume noir et d'une chemise blanche, lui demanda :

— Bonsoir madame, vous aviez réservé ?

— Euh, oui, une table pour deux, au nom de Leblanc. Jérôme Leblanc. Il n'est pas encore arrivé je pense.

Le serveur consulta un cahier posé devant lui, raya une ligne à l'aide d'un stylo doré, et répondit :

— En effet, suivez-moi madame.

Il l'accompagna jusqu'à une petite table pour deux, au fond de la salle, tira un fauteuil et l'invita à s'asseoir.

— Souhaitez-vous que je vous apporte tout de suite la carte, madame ?

— Non, merci, c'est gentil, je vais attendre l'autre personne, il ne devrait pas tarder.

— Très bien. À tout à l'heure, madame, dit-il avant de s'éloigner.

Laura regarda la pendule qui était accrochée au-dessus de la cheminée. Dix-neuf heures trois. Elle était arrivée pile à l'heure. Jérôme n'était pas encore là, mais il n'allait pas tarder. Elle regarda autour d'elle, les épais rideaux de velours rose pâle devant les immenses fenêtres, les serveurs qui s'affairaient autour d'elle, les clients qui commençaient à arriver, peu à peu.

Quand elle leva à nouveau la tête en direction de l'horloge, il était déjà dix-neuf heures quinze. Le quart d'heure de politesse, celui pendant lequel il est acceptable d'être légèrement en retard, était désormais dépassé. Elle sortit son téléphone et regarda si Jérôme n'avait pas laissé de message, par le plus grand des hasards. Peut-être avait-il eu un contretemps, après tout.

Rien. Aucun message, aucun appel en absence. Elle rangea son téléphone.

Laura commença à se ronger nerveusement les ongles. Elle n'était pas d'une nature patiente, en dehors du boulot.

Et puis, elle trouvait cela particulièrement inconfortable d'être comme ça, seule, au milieu d'un restaurant, à attendre quelqu'un. Sans doute que personne ne prêtait attention à elle, et pourtant, elle se sentait tellement vulnérable. En proie au doute. Et s'il ne venait pas ? Et s'il avait oublié ? Ou changé d'avis ? Après tout, ils ne se connaissaient pas vraiment tous les deux.

Elle sentit alors son téléphone vibrer dans sa poche, puis une sonnerie retentir. Elle venait de recevoir un message.

Fébrile, elle sortit l'appareil, tout en s'excusant d'un sourire auprès du couple à la table d'à côté, que le bruit semblait avoir dérangé. Ça va, c'était juste une sonnerie, ils allaient s'en remettre.

L'écran affichait « Jérôme Leblanc : un message ». Elle cliqua sur le bouton « lire ».

Le message s'afficha : « Laura, je suis vraiment désolé. Un impondérable vient de me tomber dessus. Quelque chose que je ne pouvais pas prévoir et que je ne peux pas annuler. Je ne vais pas pouvoir honorer notre rendez-vous de ce soir. Je ne sais pas comment me faire pardonner. Mais ce n'est que partie remise ! Que dirais-tu de demain soir ? J'offrirai le champagne. Amicalement, Jérôme. »

Quel fumier ! Laura était furieuse. Elle commença à taper une réponse, se relut et, la trouvant trop agressive, la supprima. Elle réfléchit quelques secondes, et répondit : « Désolée, je ne suis pas disponible demain soir. Trop de boulot. Laura »

Puis elle se leva et expliqua au serveur qu'elle n'allait pas rester, que l'autre personne n'allait pas venir, et qu'ils pouvaient donner la table à quelqu'un d'autre. Elle s'excusa. Comme si elle y était pour quelque chose ! Elle avait l'impression que, dans la salle, tous les regards étaient tournés vers elle. Elle se sentait tellement humiliée !

ॐ

JÉRÔME FAISAIT les cent pas dans son bureau. Il fulminait. Berthier était en train de lui pourrir sa soirée. Cela faisait déjà un quart d'heure que Laura était au restaurant, et il ne savait pas pour combien de temps encore il allait devoir subir son visiteur. Il venait d'envoyer un message, laconique, pour annuler le rendez-vous, tout en présentant ses plus plates excuses.

Et le pire, c'est qu'il ne pouvait même pas s'expliquer. Impossible d'envoyer un SMS disant « coucou, je suis en rendez-vous avec un type des services secrets, un type très bien, je ne peux pas l'envoyer balader, c'est quelqu'un de très haut placé, il s'appelle Berthier, et il est avec moi au bureau en ce moment-même, d'ailleurs je te rappelle l'adresse, c'est... »

Non, impossible. Les SMS ne sont pas chiffrés, n'importe qui de mal intentionné peut les intercepter, et une chose est certaine, c'est que les services secrets n'aiment pas que l'on communique la positions de leurs agents, *a fortiori* les plus gradés, à qui veut bien l'entendre.

Et Jérôme ne pouvait pas se fâcher avec Berthier. La DGSI était un gros client. Ils travaillaient souvent avec lui. Jérôme était particulièrement brillant dans le domaine de la cybersécurité. Tout ce qui touchait à la sécurité dans le domaine informatique. Il était consultant indépendant dans ce domaine, et n'avait aucun mal à trouver des clients quand c'était nécessaire.

La DGSI avait déjà essayé de le débaucher, mais en vain. Jérôme aimait son indépendance. Et puis, cela les arrangeait bien de savoir qu'il était en contact régulier avec des entreprises qui s'inquiétaient de leur sécurité informatique. Qui dit entreprise faisant appel à un expert de haut niveau en cybersécurité, dit entreprise qui a potentiellement quelque chose à cacher.

Il n'avait donc rien pu dire à Laura, si ce n'étaient des banalités. Comment le prendrait-elle ? Sûrement très mal. Et il la comprenait tout à fait. Lui aussi réagirait mal si on lui faisait un coup pareil.

Et le pire, c'était que Berthier n'avait pas encore clairement expliqué pourquoi il était là. Depuis qu'il s'était avachi dans le fauteuil, l'homme au nez en bec d'aigle avait passé son temps à envoyer des messages sur son téléphone et à consulter sa messagerie, sans décrocher un mot. Et l'autre homme, l'armoire à glace, était quant à lui resté debout, près de la porte, sans que Jérôme ne sache vraiment s'il était là pour empêcher quelqu'un d'entrer ou pour l'empêcher lui-même de sortir.

Jérôme sentit son téléphone vibrer dans sa poche. Sans doute Laura qui venait de répondre à son message. Alors qu'il allait sortir l'appareil de sa poche pour lire la réponse, Berthier rangea le sien, se leva et dit :

— Monsieur Leblanc, excusez-moi. Vous devez vraiment

me trouver grossier. Je m'incruste chez vous, comme cela, sans même y avoir été invité, et voilà qu'à peine arrivé je m'installe dans votre fauteuil, très confortable d'ailleurs, si seulement vous saviez comment nous sommes lotis au ministère ! Enfin, passons. Je m'installe dans votre fauteuil et je me mets à pianoter sur mon téléphone, en faisant comme si vous n'étiez pas là. Ma fille est un peu comme ça, d'ailleurs. Elle a treize ans, et le soir, quand elle rentre du collège, elle se précipite sur le canapé, s'avachit comme une chiffe, et se met à jouer pendant des heures sur son smartphone. C'est comme si, sa mère et moi, nous n'étions pas là ! Ah, les ados... Vous avez des enfants, monsieur Leblanc ?

Jérôme s'apprêtait à répondre, mais Berthier poursuivit :

— Mais non, suis-je bête, vous n'avez pas d'enfant. Je le sais bien. D'ailleurs, cette... Laura Chapuis n'en a pas non plus, je me trompe ?

Jérôme se figea. Il sentit tout son corps se crisper. Il savait bien que la DGSI suivait sa vie de très près, ça n'était pas la première fois que ça se produisait, et ça n'avait rien d'étonnant qu'ils se soient intéressés à son début d'histoire avec Laura. Et pourtant, pour une fois, cette intrusion dans sa vie privée le mettait particulièrement mal à l'aise.

— Je ne pense pas que cela vous regarde, dit-il simplement.

Berthier se mit, à son tour, à marcher de long en large dans le bureau, faisant crisser le parquet. En évitant soigneusement de croiser le regard de Jérôme, il répondit :

— Oui, excusez-moi, je me mêle de ce qui ne me regarde pas. Je suis un véritable fouinard. On me l'a souvent reproché. Mais, je ne vous apprend rien si je vous dis que, dans nos métiers, la curiosité n'est pas un vilain défaut. Au contraire, n'est-ce pas ?

Sans attendre la réponse, il fit un mouvement de menton vers la poche de Jérôme et dit :

— À propos, vous ne regardez pas ce qu'elle vous a répondu ? Prenez votre temps, franchement, Thibault et moi ne sommes pas pressés.

Jérôme regarda le colosse du coin de l'œil. En entendant son nom, le fameux Thibault n'avait même pas cillé.

— C'est bon, ça peut bien attendre cinq minutes, de toute façon vous n'allez pas vous éterniser ici, monsieur Berthier.

Ce n'était pas formulé comme une question. Berthier sourit et dit :

— En effet. Je suis un incorrigible bavard, vous faites bien de me le faire remarquer. Alors voilà. Venons-en au fait. Si je vous parle de votre amie, ce n'est pas vraiment pour vous faire enrager. C'est plutôt son employeur qui nous intéresse, en vérité.

Intrigué, Jérôme s'assit sur le rebord de son bureau, sans décrocher un mot. L'homme au nez en bec d'aigle poursuivit :

— Elle travaille pour une agence de détectives privés qui s'appelle « l'Agence », n'est-ce pas. Juste « l'Agence ». Très sobre comme nom. Pas très recherché, soit dit en passant. Enfin, c'est leur problème. Le nôtre, de problème, c'est que nous avons constaté des choses bizarres, près du domicile du préfet.

Jérôme haussa les sourcils :

— Quel genre de choses bizarres ?

— Il y a quelques jours, un type bizarre a passé la nuit près de son domicile. Il était habillé bizarrement, un sweat noir avec la capuche sur la tête, et il reste planté là toute la nuit, sans sortir de son véhicule, à observer et à prendre des notes sur ce qui ressemble à un calepin. C'est en observant les vidéos de surveillance que nous l'avons repéré, quelques jours plus tard. Nous ne savons pas qui c'était, il faisait nuit, et la personne était habillée de manière à ne pas être facilement reconnaissable.

— D'accord, mais quel rapport avec l'Agence ?

— Nous ne savons pas qui était au volant, mais nous avons la plaque d'immatriculation du véhicule, monsieur Leblanc. Ce n'est pas une voiture qui appartient à un particulier. C'est un véhicule de société. Un véhicule qui appartient à l'Agence.

Les pièces commencèrent à s'emboîter dans la tête de Jérôme.

— Et donc, vous voulez savoir qui s'intéresse à la vie du préfet, et pourquoi. Et la seule piste que vous avez, c'est qu'il s'agit d'un homme qui travaille à l'Agence, et vous aimeriez bien que je retrouve de qui il s'agit, n'est-ce pas ?

— Je n'ai pas dit qu'il s'agissait d'un homme, monsieur Leblanc. La personne était méconnaissable, comme je vous le disais. Peut-être s'agissait-il d'une femme.

— Laura est la seule femme à l'Agence.

Le petit sourire narquois que Berthier affichait depuis sont arrivée s'effaça aussitôt.

— Précisément. J'espère que vous comprenez maintenant pourquoi nous avons dû vous contacter si vite, au point d'interférer avec vos plans de ce soir. Avant que les choses ne deviennent, disons, plus sérieuses entre cette jeune femme et vous. Méfiez-vous d'elle, monsieur Leblanc. Je sais que vous ne lui avez rien dit pour l'instant, mais ne laissez surtout pas sous-entendre que vous travaillez avec nous, de quelque manière que ce soit. Ne la laissez pas s'approcher de vos dossiers, ou de votre ordinateur.

Jérôme se sentit presque insulté par ce que Berthier venait de dire.

— Pour qui vous me prenez, exactement ? Depuis le temps que nous travaillons ensemble, je...

— Pour un homme, monsieur Leblanc. Je vous prends

pour un homme. Si vous saviez le nombre de mes agents qui sont tombés à la suite de confidences sur l'oreiller... Le nombre de secrets industriels qui se sont retrouvés éventés parce qu'un décideur n'a pas su tenir sa langue... Le nombre de chefs d'états victimes de chantage après une simple partie de jambes en l'air... Nous sommes faibles, monsieur Leblanc. Nous les hommes, nous nous croyons forts, mais en vérité nous sommes faibles.

Jérôme secoua la tête. Berthier venait de lui faire perdre sa soirée pour ça.

— Donc, vous vous êtes arrangé pour que je ne tombe pas dans les bras de Laura. C'est bien joué de votre part. Après un coup pareil, certainement qu'elle ne voudra plus jamais m'adresser la parole. À tous les coups, elle a déjà effacé mon numéro et m'a bloqué pour que je ne puisse plus la contacter. La fin justifie les moyens, n'est-ce pas ? Ça n'arrange pas vos petites affaires que je fréquente Laura, alors vous faites en sorte qu'elle me raye de son existence, n'est-ce pas ?

Berthier haussa les sourcils, comme s'il était surpris.

— Au contraire, monsieur Leblanc. Au contraire. Cela nous arrange tout à fait que vous la fréquentiez. Du moment que vous faites attention. Inversons les rôles. En étant en contact avec elle de la sorte, vous saurez rapidement si oui ou non elle est mêlée à cette affaire. Et, dans le cas contraire, vous nous aiderez à trouver qui est responsable.

— Attendez, vous me demandez de trahir la personne qui me plait c'est ça ? De l'utiliser, pour servir vos basses besognes ?

— Pour servir la France, monsieur Leblanc. Pour servir la France. Qui est votre plus gros client, ne l'oubliez pas.

Avant que Jérôme ne puisse répondre quoi que ce soit, il se dirigea vers la sortie. Le colosse ouvrit la porte, et, tout en sortant, Berthier dit :

— Bonne soirée monsieur Leblanc. Et encore une fois toutes nos excuses pour ce soir. Il est certain que mademoiselle Chapuis vous en voudra après un coup pareil. Mais vous êtes un homme séduisant. Vous saurez rattraper le coup, j'en suis absolument certain.

Puis il salua Jérôme d'un signe de tête, avant de s'éclipser.

Jérôme prit quelques secondes pour soupirer, donna un grand coup de poing dans son bureau, sortit son téléphone de sa poche et regarda la réponse de Laura.

Elle était vraiment furieuse.

Effectivement, rattraper le coup n'allait pas être une mince affaire.

C'est juste après sa pause déjeuner le lendemain, en retournant dans son bureau à l'Agence, que Laura se rendit compte qu'elle était d'étonnamment bonne humeur.

La veille au soir, à peine sortie du restaurant des Trois Tigres, elle avait appelé Pauline, sa meilleure amie. Elles avaient passé la soirée toutes les deux, chez Laura, à discuter boulot, un peu, et à regarder des séries sur l'ordinateur.

C'était à peine si elles avaient abordé le sujet du lapin que Jérôme lui avait posé la veille. Il lui avait envoyé un second message dans la soirée, qui disait à quel point il était vraiment désolé, mais qu'il renouvellerait très prochainement son invitation.

Elle n'avait même pas pris la peine de répondre. Elle se laissait le temps de la réflexion. Elle ne le connaissait pas, finalement. Elle ne l'avait vu qu'une seule fois, et c'était dans des circonstances très particulières. Peut-être qu'il n'en valait pas plus la peine que ça. D'ailleurs, c'était exactement ce que lui avait dit Pauline.

Elle entra dans son bureau et machinalement, comme tous les après-midis après le déjeuner, elle mit sa bouilloire en marche. À l'Agence, tous les détectives avaient un bureau individuel. En général tout le monde travaillait sur des dossiers différents, et, évidemment, la discrétion était de rigueur. Personne ne savait sur quoi les autres travaillaient. Sauf le boss, bien entendu.

Laura ne voyait ses collègues qu'à de rares occasions. En salle de pause, pendant le déjeuner, ainsi que pendant des réunions, les rares fois où ils bossaient à deux ou trois sur le même dossier.

Le reste du temps, elle travaillait seule dans cette petite pièce aux murs blancs, complètement insonorisée, avec pour seule décoration un ficus qu'elle avait ramenée de chez elle parce que son chat en faisait de la charpie, et avec pour seule vue une ruelle insipide et calme, bien loin du centre-ville.

Elle passait ses journées dans cette ambiance quasi-monacale, face à son ordinateur, sans presque voir personne de la journée.

Cela faisait plusieurs semaines qu'elle ne s'était pas retrouvée sur le terrain, et tout ce qu'elle espérait, c'était que le boss vienne la voir, la débarrasse de l'ennuyeux dossier sur lequel elle travaillait en ce moment, et lui confie une planque, une filature, ou quoi que ce soit qui lui permette enfin de sortir de ce maudit bureau pour prendre l'air.

Donc, oui, il était inconcevable de commencer l'après-midi sans un bon thé bien chaud.

Une fois que l'eau fut chaude, elle mit un sachet de thé vert aux fruits rouges dans son mug. À peine avait-elle versé l'eau brûlante qu'une délicieuse odeur de fruits des bois se répandit dans la petite pièce.

C'est alors que la porte de son bureau s'ouvrit.

Le boss apparut, accompagné d'une homme d'une trentaine d'années, bien habillé, vêtu d'un costume neuf et d'une chemise impeccablement repassée. Il portait des lunettes de garçon bien sage et semblait tout juste sortir de chez le coiffeur. On aurait dit un premier communiant que sa mère aurait habillé pour l'occasion. Un petit garçon piégé dans le corps d'un adulte. Elle ne put réprimer un sourire, et dit :

— Bonjour, monsieur le Directeur.

— Oui, bonjour madame Chapuis. Je vous présente votre nouveau collègue. J'espère que vous lui ferez bon accueil.

Le premier communiant s'approcha d'elle, lui tendit timidement la main et dit d'une voix tremblante :

— Bonjour madame, je m'appelle Antoine. Euh... Antoine Charbonnel.

— Bienvenue Antoine, dit-elle en lui serrant la main et en faisant un grand sourire. Mais vous pouvez m'appeler Laura, vous savez. Ici, on s'appelle tous par nos prénoms.

— Euh... Bien madame... Laura, répondit-il en rajustant ses lunettes.

— Monsieur Charbonnel est ici pour remplacer Bruno Morin.

Laura réfléchit. Morin. Oui, ça lui revenait. C'était un des détectives de l'Agence. Elle ne l'avait vu que deux ou trois fois depuis qu'elle était ici. Maintenant qu'elle y pensait, c'était vrai qu'elle ne l'avait pas vu ces deux dernières semaines.

— Oui, Bruno, dit-elle. Qu'est-ce qu'il est devenu ?

Le boss leva les mains en l'air, en un geste d'impuissance, et dit :

— Écoutez, ça fait dix jours qu'il ne donne plus signe de vie. Il a abandonné son poste en plein milieu de journée, personne ne l'a revu depuis, et il ne répond ni à mes courriels ni à mes coups de fil. Je ne peux pas me permettre d'avoir des agents qui disparaissent comme ça dans la nature. S'il revient un jour, il faudra qu'il me rende des comptes. En attendant, j'ai redonné les dossiers sur lesquels il travaillait à monsieur Charbonnel.

En entendant son nom, le jeune homme se raidit. Laura lui fit un nouveau sourire, ce qui ne sembla pas le détendre. Bien au contraire. Il allait vraiment falloir qu'il se décoince.

— Bon, eh bien, dit le boss, madame Chapuis, nous n'allons pas vous embêter trop longtemps, je sais que vous avez beaucoup de travail. Oh, n'oubliez pas que j'attends votre rapport sur l'affaire Brichaut d'ici demain matin !

Puis ils s'éclipsèrent tous les deux.

Laura retira le sachet de thé de sa tasse. Elle souffla sur le breuvage, par réflexe, tout en sachant que c'était inutile. Il était tiède désormais. Elle but une gorgée et grimaça. Il avait infusé trop longtemps. C'était beaucoup trop amer ! Impossible de boire ça.

Elle se rendit en salle de pause, vida son mug dans l'évier, retourna dans son bureau, et remit la bouilloire en marche. Alors qu'elle allait se rasseoir en attendant que l'eau chauffe, elle jeta un œil par la fenêtre.

En bas, dans la rue habituellement déserte à cette heure-ci, un homme marchait d'un pas volontaire, avant d'entrer dans l'immeuble.

Le bureau de Laura était situé au deuxième étage, et pourtant, elle avait reconnu l'homme sans l'ombre d'un doute.

C'était Jérôme Leblanc.

❧

JÉRÔME ENTRAIT dans les locaux de l'Agence pour la première fois. Ils étaient situés dans un grand immeuble de trois étages, dont ils occupaient tout le deuxième, dans une petite rue quelconque, assez éloignée du centre-ville.

Il sonna à l'interphone. Une femme à la voix peu aimable lui répondit et l'invita à monter. Quand il arriva, un petit homme âgé d'une cinquantaine d'années, fortement dégarni et à la moustache savamment entretenue l'accueillit, se présenta comme le directeur de l'Agence, et demanda :

— Vous devez être Nicolas Dubreuil, c'est bien cela ?

— Oui, dit Jérôme. C'est moi-même.

Jérôme avait dû s'inventer une fausse identité. Son nom était déjà connu, ici, à l'Agence. Ils avaient déjà enquêté sur lui, après tout. Mais, à part Laura, personne ne le connaissait. Ils avaient peut-être déjà vu son visage sur une photo ou deux, et encore.

Il n'avait qu'à espérer qu'il ne croiserait pas la jeune détective. Et, s'il la croisait malgré tout, ce ne serait pas un drame. Il avait préparé un bobard, le cas échéant.

Le directeur le guida le long d'un couloir silencieux. Ils longèrent plusieurs portes fermées. Les bureaux des détectives de l'agence, de toute évidence. Apparemment, l'entreprise prenait la confidentialité des affaires de ses clients au sérieux. C'était bien compréhensible, et ça faisait plutôt les affaires de Jérôme. Il préférait qu'un minimum de gens le voient.

Le bureau du directeur était une pièce assez spacieuse, mais décorée sobrement. Il n'avait pas pris le même parti que Jérôme d'utiliser du mobilier de luxe. Ici, le minimalisme à la suédoise était de mise. Tout le mobilier était fait de bois clair bon marché. L'homme joua avec sa moustache, s'assit derrière son bureau tout en désignant une chaise en plastique transparent :

— Asseyez-vous, je vous en prie.

Jérôme s'exécuta. Le directeur dit :

— Bien, monsieur, avant de parler de votre affaire, je

tiens à vous signaler qu'ici, à l'Agence, nos maîtres-mots sont sécurité, efficacité, discrétion. Nous traitons toutes sortes de dossiers, des affaires d'adultères aux problèmes de surendettement en passant par les recherches d'héritiers en cas de successions complexes. Nos clients sont très variés, nous travaillons avec des particuliers comme avec des entreprises, grandes et petites, et...

— Eh bien, cela tombe bien, monsieur le directeur, l'interrompit-il, si j'ai pris rendez-vous avec vous cet après-midi même, c'est pour que vous m'aidiez à retrouver ma jeune sœur, qui a disparu il y a quelques jours. Voyez-vous, nous sommes très inquiets, car elle avait beaucoup de problèmes d'argent récemment, et je sais qu'elle a parfois de mauvaises fréquentations, si vous voyez ce que je veux dire. Nous avons peur qu'il lui soit arrivé malheur, et la police ne souhaite pas nous venir en aide pour le moment. « Elle est majeure », nous a-t-on dit, et il n'y a soi-disant pas lieu de s'inquiéter. Mais, tenez, nous avons préparé tout un dossier avec des informations la concernant. Des photos récentes d'elle, une liste de ses derniers relevés de compte, et aussi une copie des derniers e-mails qu'elle nous avait envoyés.

Et, ce disant, Jérôme sortit une clé USB de sa poche et la tendit au directeur. Puis il montra l'écran de l'ordinateur posé sur le bureau et dit :

— Vous allez voir, je vais vous montrer.

Comme Jérôme l'avait espéré, son interlocuteur inséra, sans plus réfléchir, la clé USB dans son ordinateur. Puis il ouvrit l'explorateur de fichiers.

— Ce fichier-là, dit Jérôme en montrant un document à l'écran.

La photo d'une jeune femme apparut à l'écran. Une inconnue dont Jérôme avait trouvé la photo quelque part sur internet, accompagnée d'un dossier qu'il avait monté de toutes pièces dans la matinée.

Mais ce n'était pas cela qui importait. Ce qui importait, c'était que le directeur avait inséré la clé dans son ordinateur. Et, sans qu'il le sache, pendant que Jérôme discutait avec lui, tout le contenu de son disque dur était en train de se faire aspirer, copier dans un répertoire caché de la clé.

Le logiciel espion était aussi en train de tenter de se connecter à toutes les machines du réseau de l'agence. Si le niveau de sécurité était insuffisant, il aurait ainsi accès à une bonne partie des données de l'entreprise. Et, d'expérience, il savait que les réseaux des entreprises étaient souvent mal protégés.

Ils discutèrent quelques minutes. Jérôme laissa un faux chèque en guise d'acompte et récupéra sa clé USB.

Puis le directeur le raccompagna jusqu'à la sortie. Plus qu'à rentrer chez lui. Une fois arrivé, il rappellerait le directeur, lui dirait qu'il avait enfin retrouvé sa sœur, fausse alerte, plus la peine de chercher, et l'histoire se terminerait là.

En longeant à nouveau le couloir de l'Agence, ils passèrent une fois encore devant toutes les portes des bureaux.

Mais cette fois, l'une d'elles était entrouverte.

À peine. Juste assez pour permettre à la personne située à l'intérieur de voir sans être vue.

Il n'en avait pas la certitude évidemment, mais il était presque certain que c'était Laura. Un autre détective un peu trop curieux aurait simplement ouvert la porte et se serait dirigé vers les toilettes pour observer le visiteur et écouter quelques mots. Qui d'autre que Laura avait intérêt à observer la personne qui accompagnait le directeur sans être vu ?

Pourvu qu'il n'ait pas fait d'erreur en venant ici.

Le problème avec les murs insonorisés de l'Agence, c'était qu'on ne pouvait pas entendre ce qui se disait dans le couloir. Et d'ailleurs, c'était le but. Sauf que Laura avait bien envie de savoir ce que Jérôme faisait là. Elle avait donc légèrement entrouvert sa porte et entendu le boss dire :

— Nous vous recontacterons dès que nous aurons du nouveau, monsieur Dubreuil, soyez-en certain. Je vais demander à un de mes hommes de se consacrer à ce dossier sur-le-champ.

Monsieur Dubreuil ? Qu'est-ce que c'était que cette histoire ? Que faisait Jérôme ici, et pourquoi utilisait-il un faux nom ? Et pas la peine d'espérer tirer les vers du nez du boss. S'il ne lui confiait pas l'affaire à elle, jamais il ne lui lâcherait le moindre mot à son sujet.

En tout cas, une chose commençait à être clair dans l'esprit de Laura.

Jamais il n'avait eu l'intention de l'inviter au restaurant. Enfin, pas dans sont intérêt à elle en tout cas. Son intention, dès le départ, c'était de l'utiliser. De se servir d'elle pour infiltrer l'Agence, en quelque sorte. Pour une raison qui lui échappait encore.

Et manifestement, il avait trouvé une autre manière de parvenir à ses fins. Une manière qui ne nécessitait pas de l'utiliser, elle. Quel enfoiré !

Elle ne pouvait pas en rester là. Il fallait qu'elle sache ce qu'il manigançait. Elle aurait pu en parler au boss, mais elle savait que ça se retournerait contre elle. Il allait lui reprocher, à juste titre, d'écouter aux portes, de se mêler de ce qui ne la regardait pas, et lui dirait qu'elle ferait mieux de s'occuper de ses propres dossiers plutôt que de ceux des autres. Très peu pour elle, merci bien.

Non, il fallait qu'elle sache à qui il allait confier l'affaire.

Laura sortit de son bureau et se dirigea vers la salle de pause, comme si de rien n'était. Elle vit le boss entrer dans le bureau de Charbonnel, le petit jeunot qui venait d'arriver pour remplacer Morin. Très bien.

Une fois arrivée dans la salle de pause, elle se servit un verre d'eau, prit son temps puis, après avoir attendu une dizaine de minutes, alla frapper à la porte de Charbonnel.

Une voix timide l'invita à entrer.

Le bureau du nouveau détective était identique au sien, à ceci près que tout était impeccablement rangé. Il n'avait pas encore eu le temps d'étaler des documents partout, et le boss avait manifestement déjà ôté les effets personnels de Morin.

La main gauche toujours sur le clavier de son ordinateur, Charbonnel rajusta ses lunettes de sa main droite et demanda :

— Oh, euh… Laura ! Vous allez bien ?

Elle lui fit un grand sourire et dit :

— Écoute, on peut peut-être se tutoyer, non ? Ici, à part monsieur le directeur, on a tendance à se tutoyer en général.

— Euh, oui… Si tu veux.

— Alors, comment ça se passe cette première journée ? Qu'est-ce que ça fait de rejoindre la maison ?

— Ben… Je pensais avoir le temps de m'acclimater et tout, mais là monsieur le directeur vient de me confier un dossier.

— Oui, j'ai entendu ça. À peine arrivé, et hop ! Directement dans le grand bain ! C'est toi qui travailles sur le dossier Dubreuil, c'est ça ?

Elle avançait en terrain miné, elle le savait. Si le boss apprenait qu'elle était en train de parler d'un dossier sur lequel elle ne travaillait pas, il lui ferait passer un sale quart d'heure. Charbonnel sembla hésiter quelques secondes, puis dit, avec une pointe de fierté dans la voix :

— Oui, c'est moi.

— Drôle d'histoire quand même, non ?

— Oui, j'espère que je vais m'en sortir. Parce que là, j'ai une sacrée pression sur les épaules, franchement. C'est un gros dossier pour un débutant comme moi...

Flute. Elle n'avait pu obtenir aucune info supplémentaire. Et elle ne pouvait pas non plus être trop insistante vis-à-vis de Charbonnel. Pas tout de suite. Il se douterait de quelque chose, sinon.

— Écoute, si tu as besoin de conseils, n'hésite pas à passer me voir. Sur la façon de procéder, je veux dire. Mais parles-en au directeur avant. Il aime bien savoir ce genre de choses.

— D'accord, c'est gentil.

— Bon, je te laisse travailler alors. À tout à l'heure !

Elle se dirigea vers la sortie et ajouta :

— Oh, à ce propos. Quand tu verras le directeur, évite de lui dire que je t'ai parlé de l'affaire. Il aime bien être mis au courant quand deux de ses agents discutent du même dossier. Il est un peu vieux jeu, tu sais. Dis-lui juste que je t'ai proposé de t'aider, sans lui dire qu'on a causé de l'affaire.

— C'est noté !

Elle retourna dans son bureau et se remit sur le dossier sur lequel elle était censée travailler. Le dossier Brichaut. Une histoire ennuyante et sans grand intérêt. Ça allait être difficile de réussir à se concentrer.

Parce que tout ce qu'elle souhaitait, c'était que Charbonnel vienne lui demander de l'aide, le plus vite possible.

LA LUMIÈRE du soleil baignait le bureau de Jérôme quand il s'installa dans son confortable fauteuil. Le cuir crissa doucement tandis qu'il s'y installait.

Il brancha la clé USB et ouvrit le dossier caché qui, l'espérait-il, contenait les fichiers de l'Agence.

Il ne put s'empêcher de sourire. La clé était pleine.

Près d'un téraoctet de données, fichiers et e-mails volés sur différents ordinateurs de l'entreprise. Un de ces jours, il faudrait qu'il revienne les voir, en tant que Jérôme Leblanc cette fois-ci, et leur propose ses services de consultant en sécurité informatique.

Mais ce n'était pas ce qui l'intéressait pour le moment. Il fouilla au milieu des fichiers, et trouva un document intitulé « utilisation véhicules ». Il l'ouvrit.

C'était un document Excel indiquant qui avait emprunté quel véhicule, à quelle date.

Exactement ce qu'il cherchait.

L'Agence disposait d'une flotte d'une demie-douzaine de véhicules, à première vue. Jérôme tapa la date où l'une de leurs voitures avait été utilisée pour surveiller le domicile du préfet.

Et il trouva, à cette ligne, l'immatriculation du véhicule qui avait été repéré sur les images de vidéosurveillance. Un modèle de la marque Citroën, sobre, couleur noire. Idéal pour se fondre dans la masse. Le véhicule avait été utilisé par un certain Bruno Morin. Il l'avait emprunté dans la matinée, et l'avait rapporté le lendemain matin. Le véhicule n'avait plus été utilisé depuis lors.

Afin de trouver sur quoi travaillait ce fameux Bruno Morin, il tapa son nom dans l'invite de commande de son ordinateur. Une recherche exhaustive, sur tout le contenu de la clé USB.

Plusieurs e-mails apparurent. Certains envoyés par Morin lui-même, certains envoyés à l'agent, d'autres qui évoquaient simplement son nom. Jérôme les éplucha, l'un après l'autre, pendant plus d'une heure. En vain. Rien d'in-téressant au sujet du fameux Morin. Des conversations sur divers dossiers, mais rien qui parle de près ou de loin du préfet ou d'une éventuelle mission le concernant.

Mais quelque chose intriguait Jérôme. Aucun mail ne datait de moins de dix jours, soit depuis qu'il avait utilisé le fameux véhicule. Morin n'avait envoyé aucun mail, pendant tout ce temps. Ce n'était pas normal.

Jérôme réfléchit quelques secondes, puis lança une autre recherche sur la masse de données qu'il avait collectées.

Après une minute, la recherche s'avéra fructueuse.

Dans la boîte mail du directeur, il trouva une conversation cryptée. Un échange, récent puisque le fichier datait de dix jours, et la dernière modification datait de la veille. Le directeur de l'Agence n'avait pas pris la peine de chiffrer le contenu de sa boîte mail, sauf cette conversation récente. Pourquoi celle-ci en particulier ?

L'explication du mystère se trouvait dans cette conversation, Jérôme en était convaincu. La coïncidence était trop importante. Il ne restait plus qu'à réussir à déchiffrer le message.

Le fichier avait été crypté en utilisant un algorithme puissant. Il y a quelques semaines encore, tenter de déchiffrer un tel message aurait relevé de l'exploit. Des centaines de millions d'heures de calcul.

Mais, tout récemment, une vulnérabilité avait été découverte dans cet algorithme par des spécialistes. Une faille dans la manière dont la clé publique était calculée.

Cela voulait dire que, d'ici quelques heures, trois tout au plus, Jérôme aurait accès au contenu en clair de cette série de messages.

❧

L'APRÈS-MIDI TOUCHAIT à sa fin. Il était dix-neuf heures, et le soleil déclinait à l'horizon. Laura se leva pour allumer les néons au-dessus de sa tête.

Elle avait passé l'après-midi sur le dossier Brichaut. Le

boss était repassé quelques heures plus tôt et lui avait rappelé qu'elle devait lui rendre son rapport dès le lendemain matin. Elle le savait, cela voulait dire qu'elle allait devoir travailler chez elle toute la soirée. Elle aurait pu passer encore quelques heures dans les locaux de l'Agence, mais à cette heure-ci, elle était sans doute seule dans les locaux, tout le monde était probablement déjà parti, et l'idée de passer le début de la soirée toute seule à l'étage, dans ce bureau austère, la déprimait profondément.

Elle enregistra son travail sur son disque dur externe, le rangea dans son sac à main, prit son manteau et quitta son bureau.

Alors qu'elle était dans le couloir, en train de verrouiller sa porte, elle vit qu'une des autres portes était encore entrouverte. C'était celle du bureau de Charbonnel. Allons bon, le petit nouveau faisait déjà des heures sup' ? Il fallait qu'il se méfie, s'il se laissait déjà marcher sur les pieds dès son premier jour, qu'est-ce que ce serait dans les semaines à venir ? Enfin, elle était mal placée pour juger, elle qui enchaînait les soirées à travailler à la maison.

Elle décida d'aller lui souhaiter une bonne soirée avant de partir, espérant qu'elle pourrait enfin obtenir une information sur ce que Jérôme était en train de manigancer.

Mais, alors qu'elle n'était plus qu'à un mètre de la porte, elle entendit une voix à l'intérieur.

Le boss était là. Ils étaient certainement en train de discuter de l'affaire. C'était l'occasion rêvée d'en savoir plus.

Elle s'approcha à pas de loups, et tendit l'oreille.

Mais les deux hommes n'était pas en train de parler de Jérôme, ou quel que soit le faux nom qu'il s'était donné. Ils étaient en train de parler de tout autre chose.

Quelque chose se tramait.

Quelque chose de pas normal.

LA NUIT ÉTAIT TOMBÉE sur la ville désormais. Le bureau de Jérôme n'était plus éclairé que par la lumière orangée des lampadaires dans la rue, et par l'éclairage puissant de l'écran de son ordinateur. Il n'avait pas pris la peine d'allumer sa lampe de bureau. Pas le temps. Il avait passé les dernières heures à fouiner dans les autres fichiers de l'Agence, en vain. Et le processus de décryptage venait tout juste de se terminer.

Il ouvrit le fichier qui venait d'être créé, et fronça les sourcils.

C'était une suite de messages provenant d'une discussion entre le directeur de l'Agence et un certain Antoine Charbonnel. Le premier message venait du directeur :

« Je crois que Morin se doute de quelque chose. Il a emprunté un véhicule hier soir. Il faut toujours qu'il se mêle de ce qui ne le regarde pas ! »

Charbonnel avait répondu :

« Il va falloir se débarrasser de lui rapidement. Je m'en occupe. »

« Il va aussi falloir faire le ménage dans son ordinateur. Je ne sais pas ce qu'il a trouvé. J'espère qu'il n'a pas eu le temps de prévenir le préfet. Je ne peux pas fouiner dedans. Je n'ai pas le mot de passe. Et puis il n'a pas pu laisser tout cela en clair sur sa machine. Il a sûrement crypté les fichiers les plus compromettants. Je ne sais pas faire, je n'y connais rien. Et si je demande à notre service informatique, ils vont se demander ce que je fiche. »

« Je peux m'en occuper aussi. Laissez-moi venir dans vos locaux. Vous n'aurez qu'à dire que je remplace Morin, vu qu'il va bientôt disparaître. Cela expliquera que je passe du temps sur son ordinateur. »

C'était on ne peut plus limpide.

Jérôme avait fait sa part du travail. Il n'y avait plus de temps à perdre maintenant. Plus qu'à prévenir Berthier, le type de la DGSI, et à lui dire de se débrouiller.

Il composa son numéro. Quatre sonneries. À la cinquième, une voix de femme répondit :

— Oui ?

— Je voudrais parler à Simon Berthier s'il vous plait.

Elle sembla pianoter sur un clavier et dit :

— Monsieur Berthier est en réunion actuellement.

— C'est très urgent.

— Comment vous appelez-vous ?

— Jérôme Leblanc.

Elle tapa à nouveau sur son clavier.

— Monsieur Berthier vous rappellera dès qu'il sortira de réunion.

Jérôme s'impatienta :

— Bon sang, vous ne comprenez pas ? C'est très urgent, il faut que je lui parle immédiatement.

— Il vous recontactera très rapidement.

Il réfléchit, tenta de se rappeler le nom du colosse qui avait accompagné Berthier la veille au soir et dit :

— Pourriez-vous me passer son collègue alors ? Un certain... Thibault.

— Vous n'avez pas son nom de famille ? Sans son nom, je ne vais rien pouvoir faire, monsieur Leblanc. Je suis désolée. Mais je vais transmettre votre message à monsieur Berthier. Je vais demander à ce qu'il vous recontacte dès que possible.

Puis elle raccrocha.

Jérôme énuméra dans sa tête ses autres options. Prévenir la police ? Le temps d'expliquer la situation, de leur faire comprendre que ce n'était pas une plaisanterie, que la sécurité du préfet était en jeu, et d'avoir quelqu'un de compétent, la réunion de Berthier serait sans doute déjà terminée.

Il allait falloir qu'il prenne son mal en patience.

C'est alors que son téléphone se mit à sonner.

Un numéro privé.

Laura était à quelques centimètres seulement de la porte du bureau de Charbonnel. Maintenant qu'elle l'entendait parler, maintenant qu'elle comprenait la teneur de son échange avec le boss, elle ne trouvait plus du tout qu'il ressemblait à un enfant de chœur, en fin de compte.

D'après ce qu'elle avait pu comprendre, Charbonnel avait abattu Morin, le détective qui avait disparu, et le boss et lui parlaient d'une mission qui aurait lieu dans les jours à venir. Et qui concernait une visite du ministre de l'Intérieur à la préfecture.

Laura avait la gorge sèche. Elle sentait son cœur battre à toute allure dans sa poitrine. C'était à peine si elle osait respirer.

Il aurait fallu qu'elle sorte de là, qu'elle prévienne la police de toute urgence.

Mais elle n'osait pas bouger. Elle se sentait comme un lapin dans les phares.

Elle entendit la voix de Charbonnel dire au boss :

— Vous avez bien travaillé, en tout cas. Nous sommes fier de vous. Dommage que ce Morin se soit mêlé de ce qui ne le regardait pas. Vous devriez mieux sélectionner vos agents.

— Oui, monsieur.

Charbonnel poursuivit :

— Quoi qu'il en soit, le deuxième tiers de la somme vient de vous être versé, comme convenu. Vous recevrez le reste dès que nous nous serons débarrassés du préfet et du ministre. Et après, vous n'entendrez plus parler de nous.

— Bien, monsieur.

Et elle entendit des pas dans le bureau. Des pas qui se rapprochaient. Comme si le boss était sur le point de quitter le bureau.

Plus le temps de rester plantée là. Il fallait qu'elle parte.

Elle commença à s'éloigner, tentant de faire le moins de bruit possible.

Elle n'avait pas fait deux mètres qu'elle entendit le boss crier :

— Hé !

Elle se mit à courir jusqu'à l'ascenseur. Le boss cria :

— Monsieur Charbonnel ! Quelqu'un était là ! C'était Chapuis je crois, la détective qui travaille ici !

Elle appela l'ascenseur. Évidemment, il était encore au rez-de-chaussée. Et le temps qu'il monte…

Elle se précipita vers la cage d'escalier. À peine avait-elle ouvert la porte qu'elle entendit Charbonnel dire, d'une voix pleine de rage :

— Arrête-toi !

Elle courut dans l'escalier.

Elle n'avait pas encore atteint le palier du premier étage qu'elle vit un type face à elle. Vêtu tout de noir, cagoule sur le visage, revolver au poing. Il hurla :

— Bouge pas !

Laura se figea, les mains en l'air. Dans sa poitrine, son cœur était devenu incontrôlable.

Derrière elle, elle entendit les pas de Charbonnel qui descendait l'escalier.

Elle ferma les yeux.

Entendit des cris.

Puis un coup de feu. Un seul.

Quand elle rouvrit les yeux, elle vit que trois autres hommes encagoulés lui faisaient face. L'un d'entre eux lui dit :

— Police, suivez-nous madame. Vous êtes hors de danger maintenant, ne vous inquiétez pas.

Elle se tourna et vit, derrière elle, le corps de Charbonnel au milieu des marches, les yeux exorbités.

Puis le boss fit son apparition en haut de l'escalier, les mains en l'air, la mine défaite, tenu en joue par un autre policier encagoulé.

Il était dix-huit heures quarante-cinq quand Jérôme arriva au restaurant des Trois Tigres. Cela faisait bien longtemps qu'il n'était pas venu ici. La dernière fois, c'était avec son ex-épouse, Isabelle. Le climat était déjà tendu entre eux deux à l'époque, la fin de leur idylle était proche et, s'il avait apprécié la cuisine de l'endroit, il n'avait pas gardé un excellent souvenir de la soirée. Mais il espérait que, ce soir, ce serait différent.

En tout cas les lieux n'avaient pas changé. Toujours ces mêmes tables, impeccablement dressées, recouvertes de ces luxueuses nappes d'un blanc étincelant. Toujours cette immense cheminée, au fond, qui donnait une atmosphère tellement chaleureuse à l'endroit. Toujours ces notes de violon, discrètes, venues de hauts-parleurs cachés quelque part, et qui participaient à rendre l'atmosphère si élégante et si paisible en même temps.

Un serveur en smoking le dirigea jusqu'à la table qu'il avait réservée, pour lui et pour Laura. Elle avait accepté sa nouvelle invitation, sans hésiter cette fois. Jérôme avait promis que, quoi qu'il arrive, il tiendrait ses engagements cette fois-là. Même si la sécurité du président lui-même était en jeu, il s'en moquerait éperdument. Et, pour être sûr de tenir parole, il s'était même arrangé pour arriver quinze minutes en avance.

Laura arriva, elle, pile à l'heure. Elle portait une robe magnifique, et s'était maquillée, subtilement, sans en faire trop.

Elle s'installa face à lui en lui faisant un grand sourire, auquel il répondit en disant :

— Merci d'être venue, Laura.

— Tout le plaisir est pour moi. Merci de ne pas m'avoir posé un nouveau lapin, le taquina-t-elle.

Le serveur revint vers eux et leur apporta le menu. Il donna à Laura une carte où les prix n'étaient pas indiqués. Jérôme trouvait cela un peu vieux jeu, mais son invitée ne sembla pas s'en formaliser.

— Eh bien merci de m'inviter ici, dit-elle. C'est magnifique, j'aime beaucoup.

— Et crois-moi, on va se régaler. Alors, comment se sont passés ces derniers jours pour toi ?

— Plutôt bien, vu les circonstances. En tout cas je te remercie, sans toi je crois que ça se serait mal terminé pour moi.

Le soir où les événements s'étaient produits, Berthier, l'homme de la DGSI, avait interrompu sa réunion pour rappeler Jérôme. Ce dernier lui avait expliqué la situation, et Berthier avait envoyé des policiers sur place, pour arrêter Charbonnel et le directeur de l'Agence. Ils étaient arrivés juste à temps pour mettre le faux détective hors d'état de nuire. Quelques secondes de plus et Charbonnel aurait eu le temps d'abattre Laura.

Il dit à la jeune femme :

— La première fois qu'on s'est rencontré, tous les deux, c'est toi qui m'a sauvé la vie. Comme ça, l'équilibre est rétabli.

— C'est vrai. On est quitte maintenant, dit-elle avec un

sourire. Mais alors, j'ai pas tout compris à cette histoire. Mon boss voulait abattre le préfet et le ministre, c'est ça ?

— Tu sais, on ne m'a pas donné tous les détails non plus. C'est une affaire sensible comme tu peux t'en douter. Mais, d'après ce que j'ai compris, Charbonnel bossait pour des gens qui avaient prévu d'abattre le ministre, oui. Ils savaient que ce dernier allait se rendre à la préfecture, et ils ont embauché ton directeur pour qu'il étudie un peu la sécurité des lieux. Il avait besoin d'argent, apparemment, et puis je me demande s'il n'avait pas une vieille dette à régler auprès d'eux.

— C'est fou, jamais je n'aurais imaginé ça de lui. Il a l'air tellement... Austère. Et Morel, le détective qui a disparu il y a quelques semaines, c'était quoi son rôle dans l'histoire ?

— Lui, malheureusement, il est allé mettre son nez dans une affaire dont il aurait dû rester éloigné. Il a compris que quelque chose se tramait, et plutôt que de prévenir tout de suite la police, il a préféré surveiller ton directeur.

— L'espion qui se fait lui-même espionner.

— Voilà. Charbonnel lui a donc réglé son compte, et a pris sa place à l'Agence pour nettoyer d'éventuelles traces qu'il aurait pu laisser sur son ordinateur.

Laura tourna la tête à droite et à gauche, pour vérifier que personne ne l'écoutait, se pencha vers Jérôme, et demanda à voix basse :

— Mais c'est quoi en fait ton boulot ? T'es, genre, agent secret, c'est ça ?

— Non, dit-il en murmurant lui aussi. Mais ce serait un peu long à t'expliquer. Et pas ici, en tout cas.

Puis il se redressa et dit à un volume normal :

— D'ailleurs, j'imagine que tu es à la recherche d'un nouvel emploi, non ? La dernière fois, je t'avais dit que je souhaitais t'embaucher. Te proposer un partenariat. Ça tient toujours, évidemment. Tu es intéressée ?

— Carrément, dit-elle en fronçant les sourcils, mais tu m'intrigues. Ça consisterait en quoi exactement ?

Le serveur revint et leur servit deux coupes de champagne, ainsi que des amuse-bouches. Jérôme leva son verre et dit :

— On causera boulot une autre fois, qu'est-ce que tu en penses ? Je propose qu'on laisse tout ça de côté pour le moment. Et si tu me parlais un peu plus de toi, Laura ?

Ils trinquèrent, et passèrent le reste du repas à apprendre à se connaître, tous les deux. Sans plus aborder l'affaire. Sans plus parler de leurs métiers respectifs.

Quand ils quittèrent le restaurant, quelques heures plus tard, bras dessus, bras dessous, ils le savaient tous les deux, la soirée ne faisait que commencer.

À PROPOS DE L'AUTEUR

Fabien Delorme est un écrivain Français né en 1979, originaire du Limousin et vivant actuellement dans les Hauts-de-France.

Passionné par les histoires en tous genres, il est particulièrement féru de littérature policière, genre pour lequel il a écrit un roman, *L'inconnu des Shetland*, ainsi que de nombreuses nouvelles, allant du mystère en chambre close à la nouvelle noire. Il ne rechigne pas à explorer d'autres genres à l'occasion, tels que la science-fiction ou la romance.

Fabien Delorme est également conteur et comédien, et a aussi animé pendant plusieurs années des chroniques radiophoniques sur l'art du conte et sur la littérature policière.

Restez informé des nouvelles sorties et obtenez une nouvelle gratuite en retrouvant l'auteur sur son site web :

https://www.fabiendelorme.fr

DU MÊME AUTEUR

ROMAN

L'Inconnu des Shetland

RECUEILS DE NOUVELLES

Jérôme et Laura

Les Cinq disparus

NOUVELLES

Comment j'ai sauvé le Noël de monsieur Becquet

Mon Premier cadavre

La Perle de Kyoto

Le Charlatan

L'Ascenseur

La Grange au pendu

L'affaire Jérôme Leblanc

L'Homme au costume

Quitter Portville

La Maison en ruine

La Biche Irakienne

Soleil de minuit

Domaine de Louvanges

www.ingramcontent.com/pod-product-compliance
Lightning Source LLC
Chambersburg PA
CBHW030416160726
47992CB00007B/3153